五行歌集

草千里

市原恵子

市井社

五行歌集

草千里

目次

難解な熊本弁には、歌の後ろに小文字で意味を付しています。

第一章　阿蘇の風

空に向って
広げた手のように
ふわっと
ゆれて
むくげの白い花

夕ぐれの散歩
遠きあなたと
かってなおしゃべり
空の上と
地上とで

瀬戸の海をこえ
夫婦《ふたり》で
お寺まいり
逝った息子の
思い出をかたりつつ

グチっぽい　私
30年たって
母のように
生きられるか
やさしくがまん強く

受話器から
〝声ききたくて〟と
なみだ声
教師の苦悩
ただ聞いてやる

太陽の香り
ハイビスカスは
情熱の色
だが野に咲く嫁菜《よめな》は
もっとすき

ふわふわと
空の舞台で
〝雲〟のファッションショー
ときに太陽さえ
スカートに巻きこんで

夜空見上げ
「あなたはどの星になったの」
そっと
息子の名を
呼んでみる

「おすそわけ」と
女生徒からの
チョコ一個を
供える夫
逝った子に

きつね毛の枯草
ふわっと野に広げ
みどりの風を
悠然とまつ
阿蘇の山々

〝ガーン〟とやられたように
介護のことが
やってきた
母の骨折で
家族の問題として

絵筆で
黄色を
ちょんちょんと
地球に
春をつれてきた

野焼きの
まっ黒の土から
草の芽が
人の命は
こうはいかない

風がはこぶ
白い雲
あの子も
笑顔のまんま
風になった

スマッシュがきまり
ガッツポーズの
息子
なつかしい笑顔
夢の中で

まだ
詩《うた》えない
母の思いを
手からあの子が
消えそうで

阿蘇谷のくらし
まもる山々
その
カルデラを
覗《のぞ》きこんでる入道雲

血を吸うでなく
まとわりつく
一ぴきの蚊
もしや
あの子の生れ変りか

夕日をあびた
のり竹の列
雲仙岳《やま》が
有明海ごと
かかえこむ

〝第二子誕生しました〟
息子の友より年賀状
逝った子も
〝ステキな星に会えたかな〟
とひと思いして返事書く

雪を被《かぶ》った普賢岳
〝どうだ〟と
肩をいからせた
〝今日の顔いいぞ〟
思わずさけんだ

阿蘇の冬
草原は
枯葉《かれは》色
まるで
赤牛の背のようだ

八十年生きてきて
どうしても
納得できないこと
一つ
息子の突然の死

黄砂で
山の稜線がうっすら
土手では
大根の花と菜の花が
ゆったりまどろむ

野焼きの山が
黒からこげ茶へ
そしてみどりに
阿蘇の風が
色をのせてゆく

対岸から見る
普賢岳は悠然と
だが麓に立つと
荒々しい土砂の流れに
あのときの山の怒りを知る

レンゲ畑に
寝ころぶと
おおう草と土のにおい
五十年がふっとんで
花飾りで遊んだ八才になる

五月の太陽《ひかり》
緑を塗りこめてゆく
その上
田んぼの麦を
すっぽり黄金色に

阿蘇の六月
草原は
生え揃《そろ》ったばかり
うぐいす餅のように
あっちこっちに

息子の死
悲しみの深さは
〝母が一番と〟顔でいた
夫も姑《はは》も娘さえも
じっと我慢してるのに

今日の雲仙《やま》
裾野を
ずうとのばし
そっと有明海《うみ》に
足をひたしてる

黄金色の稲
順序よく口にほおばって
大型コンバイン
阿蘇谷に
音ひびかせる

草原にとき放たれた
赤牛のむれ
阿蘇五岳《あそごがく》に守られて
ゆったりと
草を食《は》む

潮まねき
体にＩＣが入ったように
何百匹が
同じリズムで
おけさを踊る

指しゃぶりちゅちゅ
健史《たけし》ちゃんが来た
おむつのとき触《さわ》っちゃった
ぷわんぷわんのちんこに
心がふわ～んと久しぶり

菊池川の流れ
ゆるやかに
この河口に立つと
幼き日の黒龍江も
こうでなかったかと

山の上まで
ずーとみかん畑
葉っぱの中から
有明海に向って
黄色の実をアピール

逝った子に
〝もう来なくていいよ〟と
囁かれても
十月には夫婦《ふたり》
八王子のテニスコートに

葉っぱも
実も落した
はだかの冬の木
本当の美しさを
空の青の中に

さし出した
息子の写真に
ちょっと手にふれて
夫は
手術室へ

一番愛《いと》しいのは
息子のあんた
でも、今手術しに向う
夫に
一番をゆずってくれ

十三時間の
手術に耐え
観察室に帰ってきた
いつもの夫《ひと》が
ちょっと違って見えた

装具をつけ
杖を持つ夫と
田んぼ道を
ゆっくり歩く
麦の緑がやさしい

第二章　あの日、あの時

大学から
「息子が入院
すぐ来てくれ」と連絡
あと五ヵ月で
卒業なのに

交通事故だ
急ぎ夫婦は上京
熊本から
電車　飛行機　電車
祈り続けた五時間

町田の病院には
従兄、大学関係者
五十人はいた
「何だ
これは？」

大学側から
テニスの試合中
倒れ
救急車で運ばれ
心筋梗塞と

医師の長い説明
「どけ　息子は
おるとですか」
熊本弁で
荒々しく聞いた

（どけ＝どこに）

通された
霊安室
ユニフォーム姿で息子
顔をすりむいて
横たわっていた

まるで
映画を見てるよう
揺すってみた
「うそだ　うそだ」
名前を呼び続けた

息子はその夜町田署で
二人は寝れず
夜明け息子のアパートへ
送った「米と荒尾梨」
ダンボールの中に

翌日慈恵医大で解剖
落ち着かない長い間
そして羽田から博多へ
夜の十時
やっと九州の地へ

迎えの車で
高速道を
家の近くになると
耐えていた夫
初めて声を上げて泣いた

小雨の中
同級生達の出迎え
誰かが抱きしめてくれた
暖かさを感じ
やっと泣けた私

通夜の二晩
柩の息子と
夫婦《ふたり》で並んで寝た
やっぱり現実感はなく
中学から続けたテニスで…

「好《す》いとる人
おらんだったね」
高校の体育祭で
応援団の仲間と
あんなに弾けていたのに

命日は
大学のテニスコート
分骨した京都へ
彼から呼ばれ
夫婦の年中行事です

第三章　阿蘇《やま》のわき水

ぷーんと
あさりの味噌汁
おわんいっぱい
春の香りを
息子に供える

めじろ一羽
桜の枝を
ちょんちょんと
忙しく
春を触《ふ》れまわる

ポキン・ポキン
家族総出で
高菜を折る音
心地よく
阿蘇谷にひびく

ぼこぼこと
地底の砂
おどらせて
阿蘇《やま》のわき水
神わざのように

ガリガリギギギ
石切場
〝ヤメテクレ〟を心で連発
舌先でさぐる奥歯は
伽藍堂

霧の大観峰
枯野は
背を丸めた
キツネのように
あっちこっちに

役割をはたし
姑《はは》は眠りについた
ひと足先に逝った息子
『ばあちゃんこっちこっち』と
きっと手を上げて迎えたろう

ベヤァベヤァベヤァと
飼主の呼ぶ声に
〝モウーモウー〟
あか牛返事をしながら
雪の原野おりてくる

八年も前に
逝った息子に
セールスの電話
〝亡くなりました〟と
ガチャンと受話器おく

白鷺が翔ぶ
リズミカルに
羽を動かし
きゅ～と伸ばした両足
みょうにセクシー

水張田に
首までつかった早苗
幼子のよう
六月の風に
たよりなく揺れている

ウルトラマンを貼った
三段目の引き出し
そ～っとあけてみる
彼の宝物キーホルダー
あの頃の匂いで光ってる

朝　六時
〝始めようぜ〟
命の証し
確め合うように
蝉の激しい鳴き合い

カルデラの中から
山を見廻す
火山だけどゆったりする
山の色　風の匂いが
不思議な力を与える

息子の服
捨てれぬまま
十年も
誰かに隠すように
一枚を袋の中へ

稲穂かかえた
みどり田に
台風が吹きつける
おじぎの波
次々と伝えてゆく

ウァ〜ンウァ〜ン
左右にされるままの木
ギィギィ　家が頑張る
グァ〜ン　トタン舞い上る
〃早く去れ〃台風十八号

三角《さんかく》頭に緑の目
カマキリのそのそと
自慢の鎌も胸の下
秋の日ゆっくり
産卵場所さがし

ポァポァのすすき
揺れるたんび
同じ方に
顔むけて
ポァポァ語を発する

踊りながら
輪を進む
振り間違いに
すれ違った踊り手
横目で一秒の威嚇《いかく》

ハンモックみたいな
のり網がつづく
海はゆれながら
得意げに
海苔を育んでゆく

干潟に
かもの群れ
横一列で
川を見つめて
一休み

台風のあと
つけた葉っぱ
十二月の空に
紅葉
真っ最中

あの頃
漱石さんは
足で峠を越えた
今はガードレールが
光る山道《やまみち》

息子が
姑が
そして母が逝った
思いの深さは
それぞれに

母の四十九日
お墓の中で
三十年前
逝った父と
やっと二人で並ぶ

雲が
スローモーションに
手足を伸ばし
雨上りの
山から去ってゆく

極寒の黒龍江を
テレビで見た
六十年前
子供三人もつれ引き揚げた
母に感謝

枯草の中から
モコモコと
蕗のとう
幼児《おさなご》のような顔
二月の太陽に向けて

タッタッタッと
有明の海から
舳先を上げて漁船
吸い込まれるように
朝の漁港に帰ってゆく

葉っぱの先に
ちっちゃなちっちっちゃな
もみじの花ゆれてます
届いた香りに
蜂ぶんぶんぶんぶ～ん

デイゴの紅い花に
南の島　旅気分
だが
覗く壕には
戦争の匂いが

草原の山道
車で走る
〝牛馬優先〟の立札に
にっと笑い
阿蘇《やま》に包み込まれてゆく

小雨の草千里
霧で
牛がぼんやり見える
雨の日でさえ
阿蘇にはマッチする

熊本城のぐるり
楠若葉が
カーテンのように
町の音さえ
遠ざける

くっつき合って並ぶ
小さき石仏
子らの合唱する
声が
聞えてくる念仏寺

六月のほめく日
草や木
人までも
降り出した雨に
媚びる目になる

（ほめく＝蒸し暑い）

帰省の息子
〝今日のおかずは〟と
階段ゆっくり降りて来る
逝《い》なくなったが
今夜はコロッケ作ろう

川の朝
じょれん引っぱる
しじみ取り
それを
鷺一羽じ〜と見てる

（じょれん＝貝とりの道具）

夜空のキラキラに
星座の名を云って
探し合う
夫婦《ふたり》は五十才過ぎて
青春の中

燃える紅《あか》
どこにこの色
潜《ひそ》ませていたのか
みどりの中に
すくっと葉鶏頭

火を噴く山
かかえながら
手で触りたくなる
ビロードの
草原

〝おんなはったか〟と
近所のおばさん
しょうけを抱え
中にもごもご動く
シャクが沢山

（しょうけ＝ざる）

風はどこで生まれたの
ゆうゆうと大空に
雲を浮かばせ
なつかしい人
乗せてるみたい

第四章　とつけむにゃ　雪

刈取りすんだ
田んぼから
わら焼く煙ゆっくり
秋空に
とけ込んでゆく

定期便のように
名産のなし持って
会いに行く夫婦《ふたり》に
機上から眩しく
富士山見える

旧姓で声かけられ
ハッとする
三十年前の中学生
「変ってないので」…そんな
でも顔は綻《ほころ》びる

潮の満ちくる
河口の夕べ
ゴムまりみたいに
ゆったり
鴨たちが浮く

逝った子を
眞中に暮してきた
夫婦《ふたり》をささえた
娘
嫁ぐ日近し

子供みたいに
おっさんみたいに
グリーンアスパラ
にょきにょきと
春の装いで土の中から

茅花《つばな》の白穂
光にユラユラ
子供の頃は
あんなに競って
食べたのに

ごっそり
冷蔵庫から持ち帰る
嫁いだ娘
母親《おや》と未だに
臍の緒関係

あっちこっちで
コンバインの音
聞こえんふりして
熟れた麦の
この明るさ

草原に
ピンクの賑わい
山の空に
もぐり込む
ミヤマキリシマの群《ぐん》

老人を集めて
〝いきいきふれあい会〟
催す
婦人会の私
とうに高齢者

大地も風も
空までも
みどりが制する
五月の
阿蘇

やっと
嫁《い》った娘に
石山寺で
「子さづけ札」を
買う

ヒレを広げ
大きくジャンプ
干潟で
むつごろう愛の表現
朝の光の中

あの頃　息子
男くささ気にしてか
ローション胸に叩く音
聞いてた青桐
今日も葉を揺らす

大雨の川
おこった声を
発しながら
泥水を
河口へ運んで行く

旅先の居酒屋で
「差寄《さしより》ビール下さい」
通じない
これは
熊本弁だったのか

（差寄＝ひとまず）

阿蘇に吹く風
草原の
ユウスゲの黄色
少女のように
なぶらせている

お地蔵さん
あまりの暑さに
誰かが麦わら帽子を
笑った顔が
もっと丸くなる

蝉たちの
勢いの合唱が
鈴虫の軽やかな
演奏に変り
秋へととり込まれゆく

なにがあっても
秋なんだ
すじ雲
高い空から
うふふと覗いてる

おんぶバッタ
親子と思ってた
なーんだ
雌が雄をオンブしてたのだ
艶《なまめ》かしい

「納豆、ヨーグルト身体にいいよ」と云うと
夫のつぶやき
「息子が逝って十年も生きたから」
私の最後のセリフは
「一人で生きるのは寂しかけん」

稲刈のすんだ
田んぼでは
わら小積《こずみ》
円錐形に鎮座して
阿蘇路は秋色に輝く

「こんな格好で
写っていたネ」
石舞台古墳の前で
修学旅行の息子の
ポーズを夫婦《ふたり》で再現

飛鳥路を歩く
足下に
古代のくらしが
丘はみんな
古墳に見えてくる

明日香村に向うバス
眉がちょっとさがった
柔和なおじいさん
あの時代の人に
会えたような

赤とんぼの群
田んぼの上とび回る
顔中　目だまになって
衝突もせず
喜びの祭りみたい

味噌汁に
ぼうぶら入れて
冬至の日
柚子は貰えず
みかんの風呂で

（ぼうぶら＝カボチャ）

鏡の前で
あれこれ着てみる
「たぶんこれなら」…と
マタニティ売場で
娘のものを買う

眞赤な下葉
上の方でカラカラと
寒風に実が鳴る
気候に戸惑う
櫨《はぜ》の老木

パンパーンと
青竹が燃え上る
煙の導きで炎が空へ
顔々が「ウァ」と天《そら》を向く
さあどんどやの始まりだ

草原に
よこなぐりの雪
あわてもせず
赤牛は鼻先で払いのけ
枯草を喰む

のり竹の中から
しぶきを上げ船がくる
前はみかん山
雲仙岳　後で
雲のヴェールで薄目がち

たち魚のような雲
横たわり
時間《とき》がたつにつれ
青空が少しづつ
とかしてゆく

桜の木
いかめしく
手足をぎゅうとにぎり
じ～と
春の光を待つ

娘の脹らんだ
胎《はら》をなでる
婿も撫る
なで方が
母と夫では愛情のちがいか

耕運機の
響のあとに
生まれ変った
土
つながってゆく

雲仙岳を向うに
干潟で
屈《かが》んだみんな
穴っぽんで筆を操り
しゃく釣りに夢中

（穴っぽん＝穴）

文学碑ならぶ坂道を
「こらどうし」と
登りながら
ふり返る海の光に
尾道の春が柔らかい

（こらどうし＝大変だ）

四月というのに
阿蘇《やま》は雪山に
草原の牛たち
「とつけむにゃ」と
囁きながら草を喰む

（とつけむにゃ…意外な）

生み月の
どうどうとした
娘の腹部に
耳あてて
婆ちゃんの声で呼びかける

泣いても
うんこをしても
眠っても
生まれた命
家族の目引きつける

親指と中指で
耳をしっかりおさえ
沐浴する
生まれた孫娘の
やわらかさ

赤ん坊を抱いて
ブラームスの子守歌から
いろんな子守唄へ
あげくは赤城の子守唄で
目を閉じ始めた

第五章　阿蘇《やま》の声

草原広がる
この阿蘇《やま》も
地球の生きてる
声なのだ
白い噴煙あげつづける

もくもく入道雲
ちょんちょんのうろこ雲
そしてすじ雲と
空はキャンバスになって
遊ばせながら描かせる

部屋に迷い込んだ
セミ
「貴重な時間《とき》をこんな所で」
と娘の一言
家族で必死に外へ出す

阿蘇谷の朝
雲海がゆっくり動く
そのあとには
何事もなかったように
野原でススキが揺れる

若者が担いだ大松明《たいまつ》
バチバチと舞い上る
火の粉の中
人々にまじって
鞍馬寺へと追っかける

耕した小さな畑に
ここは「春菊」
この先「大根」と
目印をたてて
種をまいてゆく

抱かれて眠る
赤ん坊
眠っても
グーの指で
私の服をはなさない

立野の辺りに来ると
風車をまわし
阿蘇《やま》の風
見えてくる
聴えてくる

今年
冬の訪れ遠慮がち
はぜ並木
得意顔の紅葉と
緑の木入れまじる

鴨の浮かんだ川で
漬物桶洗う
昔は洗たくしていた
と姑の話
思い出しながら

一人遊びの赤ん坊
両足あげて
グー・チョキ・パァー
究極は
足指　口に運び込む

有明海のちぎりたて
洗って大鍋へ
火の上でまぜてまぜて
やがて海の香りポコポコッと
海苔佃煮もうすぐ出来上り

赤ん坊の目って
面白い
荒い遊びしてくれる人
変な歌で眠らす人
家族をちゃ～んと見分けてる

麦畑に
三月の雨が降る
どこよりも多く
緑を含んだ
雨が降る

保育園　初日のお迎え
名前を呼んだら
じ～っと見て
ウワーと大泣き
「頑張ったねぇ」と抱きしめる

山の中腹に
大きな枝を広げ
うす桃色の桜
天空に
浮かんでる

お茶を持ったら
ハイハイでついて来る
仏壇前で
「アッアッ」と頭さげ
捉まり立ちで磬《きん》をたたき出す

歩き始めた幼子
ほめる度
うれしそうに
身体をゆすって
一歩一歩進む

もこもこ
みどり広げる木々
車窓から眺める
いろんな緑に
飽きることはない

黄金の麦達
仕事を終えて
刈取をまつ
五月の空に
静かにうっとりと

一才の児《こ》
指さしながら
なんでも「あ・あ・あ」
家族は
七割がたで判断できる

ああ　壊れちゃった
彼のテレビ
あの子が逝って十三年
私の部屋に
居つづけてくれたのに

きのう植えられた
早苗たち
胸まで水の中
たよりなさそうだが
六月梅雨存分吸って

あの早苗たち
若者の顔になり
株をどっかと広げ
真夏の日差の下
濃緑の葉をゆらす

台所の仕事のとき
「シンクの中見せろ」と
一才児ア・アと信号を発し
抱っこして覗いても
水に触らないと納得しない

「こんなの初めて」と
あっちこっちで
大雨洪水
地球の怒りに
どうしたらよいのか

台風の大掃除で
秋は空からやって来た
筋雲、鱗雲、なみ雲と
雲の展示会に
うっとり

田んぼのみどり
やわらいで
出番とばかり
稲穂の黄色
揺れながら最終章へと……

一才児
玩具のプーさん
寝かせてる
身体にトントン手をやって
私が彼女にするように

稲田
黄金の海原となり
あとは
大空だけが
ゆったり見てる

一才児
始めて出た人の名は
ジージー
遊ばせ上手を
ちゃんと理解してる

稲の切株
ヒゲそりあとみたい
雲仙岳
有明海の向うから
そ〜と覗いてる

機内は
寝たりして
乗り慣れた人ばかり
夫婦は雲を見ながら
地図上を進む

爪あと残す
普賢岳
雪積り
別の顔して
静かに光る

ぎっくり腰のこの我に
「だっこ」をせがむ
幼子に
ゼスチャー入れて
わからせる

蕾を抱えた
あの桜木
侍みたいに
凛と
二月の空に

積木《つみき》一つ運ぶのに
「よいしょ」「どっこいしょ」
と一才の子
バッバが
子守りしてるから？

春一番のかぜ
川に大波が
鴨の一群
波にうまくのっかって
旅立ち間近

行きつ戻りつの
この春
「聞いて　聞いて」と
鶯のソプラノ
庭に響く

うわぁ！　どうか
麦の田んぼ
四月の風に
もう
まっ黄黄

救急法の講習
人形の胸で両手あて
心臓マッサージ
逝った息子
こうやって助けたかった

五月の風
麦の田んぼ黄色に
土手を緑へと
パレットに
広げてゆく

きっと一家の主《あるじ》に
なりたかっただろう
息子の名で
「一口城主」を
熊本城に申込む

第六章　「よか」「よか」

ニオの子に
川を「カワ」と教えた
早苗田を見て「カワ」と
テレビの海も「カワ」
「そうね」と頭を撫でた

息子帰省の度に
繰り返し読んだのか
『こちら葛飾区亀有公園前派出所』
92、93巻は逝った後
買って本棚に並べる

雨を背負った
しつこい雲たちよ
もう　カラッと
笑顔の白雲
夏空に広げてよ

ピカ！
ゴロゴロ
二才児は
「アッチにイッテ」と
外に向って繰り返す

ワイパー
忙しく動かし進む
有明海《うみ》　泥色《どろいろ》になり
怒ったように
大雨を拾う

川の流れに逆って
腰を丸めてジョレン引く
ガラッガラッと
シジミをえりわける音
夏の光の中で

祖母の言葉
そのままに
二才児は
なにかにつけて
「よか」「よか」「よか」と…

こんな字でこんなこと
逝った子の
出てきた
一年生のにっき帖
指でたどりながら読む

夕方の空に
うおーっと広がる
鰯雲
空はたちまち
大漁の海に変る

黄色の稲田を
私だけの道のように走る
旅から帰れば
刈田は
もう秋風くるくると

玄関に大人の靴と
肩ならべ
ピンクの幼児のくつ
「私もいるよー」と
可愛く主張

保育園の運動会
孫はずうーと立ってる
となりの子泣いている
頑張って踊ってるのは
保育士さんだけ

魚のかたちの
白い雲
ブローチにして
普賢岳やわらかに
有明海《うみ》の向うに

「やっと着いたネ」
きっと云ってるにちがいない
今年　飛来の鴨の一群
波にゆったり
団らん中

小さな手
やさしいふんわり手
上手なしわの手
餅丸めに
家族のかたち並びゆく

縫いぐるみ並べ
二才児絵本よみ聞かせ
「お部屋で走る人は
おそとへ行きなさい」と
保育士さんになりきってる

「青団」と書かれた
応援団の高下駄
息子の部屋で威張ってる
もっとも輝いた
彼の青春だっただろう

ピロピロの麦の緑
耕耘機《こううんき》のローラーが
踏んでゆく
麦の芽は「はい」「はい」と
起き上ってゆく

一月というのに
畦《あぜ》道は春の色
地面を
犬ふぐりの花
星空にして広がる

キツネ色の草原を
野焼の炎
阿蘇を駆け上る
煙の向うに
春がもう見えてくる

かつて
息子が住んだ
「八王子」と
テレビの声に
ちょっと揺らぐ母になる

三月の天気は
気まぐれ
なのに
雨にも風にも
麦はゆれて喜び見せる

おもちゃで
遊ぶ二才児が
「バタンと云ったネ」と
顔を上げた
ママの帰りを心待ち

ピンクのお腰ユラッユラッ
二才も祖母《バアチャン》も
主役の顔で踊り行く
十年ぶりの町中が
ホーランエー、ヨイヤサノサッサ

熊本弁と英語
手ぶりも交《ま》じえて
ハワイから姪っ子
三晩《みばん》泊って
京都へと旅へ出た

梅雨《あめ》だ
田植機から
生まれ出る早苗たち
スーと
水の中に立つ

緑の庭に
キリンのように伸びやかに
白百合たち
梅雨《あめ》の重さに
小さなおじぎ繰り返す

梅雨《あめ》　一過
スクラム組んだ
入道雲
山の上から
高笑い

幼児《おさなご》を亡くした
教え子夫婦
悲しみを話し続ける
今夜はただ
聞いてやるだけにしよう

まんまるの
ヒゴタイの花
阿蘇の涼風で
瑠璃色にかがやき
草原に秋がくる

普賢岳
機関車の吐く煙のように
白雲もこもこ
棚引かせ
秋を感じたこの日に

テレビ見て
「相撲しよう」と
三才児迫まりくる
体力仕事だ
孫と遊ぶのは

電話のたんび
「靖《やっ》ちゃん〜」と大声で呼ぶ
息子「ちゃんと云うな」と怒ってた
今は仏壇に孫と
「オジチャン」にと云ってお菓子供える

いわし雲の空に
秋を先取した
鶏頭の花
葉っぱも幹も根っ子まで
暖かい赤

伏見稲荷の赤鳥居
京都弁の友と
熊本弁
弾む会話で
山へと上る

ススキの穂波
小さくゆれ
耳かきになって
地球をくすぐる
阿蘇はゆっくり冬仕度

目をとじて
からだを投げ出し
青年の手で
髪洗われる
師走の美容室で

息子のクラスメート達
揃ってお参りに
いいオジサンになっていた
仏壇の写真
十五年前の青年の顔

叱られた三才児
「もうジイチャンと遊ば～ん」
といったのに
「シャボン玉しよう」と
誘ってる

音もなく
降ったのだ
カーテン開ければ
雑草の庭
魔法にかけられ白に一変

やっと実った無農薬の
ブロッコリー
今朝も鳥が食べて行く
来年は
嫌いなネギだけだ

園児らの
雪だるまの絵
壁にかざられて
その絵に豆粒ほどの顔で
ばあちゃ〜んがいた

田んぼの麦
三月の風に踊らされ
太陽《ひかり》ユラユラ
吸い込みながら
ぐ～んと緑　増してゆく

襲いくる
津波の映像に
「わあ～っどうか！」
と
逃げ腰になる

科学で便利な原発
作ったのだから
世界の科学者
見えない放射能
早く止めてくれ

添寝する
私の髪ふれながら
子守歌　聴えるか
三才児は
ゆっくり眠りにつく

干潟《ひがた》に
指先程のカニの群
地球の命令　聴いたのか
両手を上げて
一斉に潮招きする

麦刈のコンバイン
ガァガァと
頬張ってゆく
麦わらだけ流れ出て
田んぼは黄色の海広がる

「一番ホームに熊本方面
八代行きがまいりま～す」
三才児
縫いぐるみ並べ
駅員言葉で云ってます

早苗田に
電柱写ってる
早苗の揺れに
小波《さざなみ》
電柱ギザギザにする

青田に
ぬかるみながら
草取りの夫婦
夏空の白雲
覆い被るように見てる

空き部屋になった
息子の机
赤い国語辞典
世界史の本
静かに主役の顔で

第七章　入道雲と普賢岳

黄色の稲穂に
「もう　ちょっと」と
太陽　最後の仕上に
高い空より
九月の光を注ぐ

読経中　神妙な顔・顔
あとは
久々の出会いに親戚なごやかに
それでいいのだ
息子の十七回忌

稲刈すんで
ほっとする田んぼ
白鷺一羽
ゆっくり
穂を拾う

やっぱり来てしまいました
荒尾梨　持って
八王子のテニスコート
息子の声聞えたような
「もう来なくていいよ」と

「リレー早かったネ」と
誉め言葉に
ビデオのリレー場面になると
家の中
必死で走る四才児

見上げれば秋の雲
外輪の山々に
綿毛のような
ススキの穂
人も阿蘇《やま》も冬を待つ

「あんたがたどこサ
肥後サ……」
すらすら歌う四才児
手まりは弾んで
あっちこっちへ

剪定
一本終えるたび
木を見上げて
語りかける
庭師の眼

娘の大きなお腹《なか》に
四才児は呼びかける
保育園の
お気に入り友達の名
つぎつぎと

雪をかぶった普賢岳
なにもなかった顔で
有明海に浮かぶ
この海のず～とず～と先の
続いた所を思う

二月の雨に
麦の芽
春の香り感じてか
揺れて
田の土と喜びわかつ

雪の普賢岳
雲海の上
衣裳に胸をはり
有明海に
裾ひたす

古家バリバリと
ユンボの爪で壊されてゆく
操る人のうまさと
嗚呼との思いで
暫く離れられず

祖父《ジイ》・祖母《バア》と幼子で
三十年ぶり出すお雛さん
五日かかって並べたて
十日飾り
一日使ってやっと仕舞う

突然の
夏の陽ざしに
緑の麦
黄色を出すのに
穂先を揺らして大わらわ

黄金の色
先の先まで
麦秋が
玉名平野を
夏へと導いてゆく

京都に来て
菩薩を拝んでたら
百日《ももか》を迎えた
実香ちゃんの顔
浮かんできた

五月の
柿の葉
艶やか
小さな実
ゆったり抱えて

六月の大観峰
カルデラの
早苗田に
みどりのビロードを
ゆずるように包む

抱っこであやすが
泣きやまぬ赤ん坊
だが
ママの顔に
ケロッと笑声に

「よう　降りま～す」
「天《そら》に雨　ようの～ならんな」
「ほんなこつな」
長雨のコインランドリーで
おばさん達の会話です

（のーならん＝なくならない）

五ヵ月のミカちゃん
寝返りに挑戦中
腹這いになったら
両手を広げ
飛行機になる

梅雨あけの
入道雲
象が前足をあげ
普賢岳に
のしかかる

朝顔に中指程の虹色の芋虫
毎日が楽しみ
茶色になって居なくなった
ある日黒揚羽が
「ここ。ここ」と庭を飛んでいた

ハイハイの七ヵ月児
座るのに挑《いど》んでる
動物の人間を見なおす
やっと座ったのに
前にドーン、大泣き

「ズリズリナー。ズリズリナー」
今日もまた
木の繁みから鳴き声
どんな鳥かと
縁側からただ聞いている

茜色の夕空を
屏風に
すそ野広げた
今日の普賢岳
穏やかに暮れゆく

釣り人の横で
青鷺が
じっと川を見てる
おこぼれを
期待しない素振りで

発熱の児を
だっこで眠らせる
早鐘の心音が伝わってくる
愛しくて
腕の痛さがぶっとぶ

有明海にのり竹
朝日に光る
摘み取り船　うごめく
島原の山々が
もやっと見てる

テニスコートで逝った息子
会いに行って十八年
今年は「新東京駅」を見せてもらった
「またいいとこ探しとくよ」
声が聞えたような

一才のミカちゃん
なんでもケイタイになる
車のキイもポッキーでさえ
耳にあて
アアと声あげる

一才過ぎ
やっと歩き出したのに
もう階段に挑戦中
「登るよー」と大人に目配りし
三段位で下ろすのを待ってる

第八章　命日に届く声

大好きな夏の雲よ
狂ったのか怒ったのか
局地的な大雨
感情を抑え冷静になって
適当な雨降らせてよ

夏の終り
いろんな雲が入りまじり
秋風を呼ぶか思案顔
だが
台風を呼んで豪雨はひどすぎる

ミカちゃんのお昼寝
指チュチュー
片方の手で添寝の耳まさぐる
耳を預けトントンしながら
二人とも入眠

六才の姉ちゃん
暗がりが怖い
一才半のミカちゃんに
「トイレについて来て」と
頼んでる

京のもみじ
十月は
まーだ　みどり
だが秋の空　紅の香り
もうそこまで運んで来てる

東福寺の庭で
夫と話しながら浸ってる
「九州ですか」と声
「そぎゃんです　熊本ですたい」
とすなおに返事する

休日の校庭
六才の孫と二人きり
並んでブランコこぎながら
「空きれいかネ」と孫
青空のすじ雲　笑ってた

有明海の潮風受けて
枝先のみかん
黄色に光ってる
遠くの雲仙岳
霞んで見てる

「踏んで　踏んで」
「お顔　真っ直ぐ前を見て」
「上手　上手」
「アッ　ブレーキ　ブレーキ」
孫の自転車練習でくったくた

寒風にTシャツ姿の
三人の案山子　両手を広げ
麦のみどり守ってる
雪化粧の普賢岳
気の毒そうに見てる

天草から毎年届く
鰤《ぶり》　一尾
今年は解体ずみ
夫の割烹着姿の敏腕を
解放した

冷込んだ朝
青空に綿雲三個
はべらせて
〝どうだ〟と
冠雪の普賢岳

お遊ぎ会
一才児達　可愛い衣裳
着せられて
踊ってるのは一人だけ
でも立ってるだけでさまになる

二才のミカちゃん
言葉がまだまだ
「アヤ」と人を呼ぶ
アヤは姉ちゃんの名
家族は「アヤ」になりきってる

人差し指ちょっとなめ
絵本をめくる夫
二才のミカちゃん
その度に
指をなめ一緒にめくる

熊本城《おしろ》
五月の木々は
緑・緑・緑
小雨がぬらし
みどりの香り降ってくる

夕方　二才児
姿が見えないと
「バーバー」と捜し回る
「ハーイハーイ」と返事しながら
ママの帰るまでてんてこ舞い

風呂場ですべった
姉ちゃん大泣き
「救急車呼ぼうか」とママ
二才の妹ミニカーの救急車
走って持って来た

雨の日
保育園お迎え
長ぐつ履いた二才児
じゅったんぼ選んで
ペチャペチャ燥いで歩く

（じゅったんぼ＝水溜り）

空がず〜と
青空にするのを忘れてた
だが、今日は秋日和
運動会開始の爆竹
高らかに響く

川におっこちそうな
綿雲
ジュゴンのかたちで
あっちにもこっちにも
青空にいる

心臓病で重症化した兄
退院を迫られ
涙声の兄嫁から電話
震えながら相槌を打ち
ず～とず～と聞いてやる

赤い着物に髪飾り
七才と三才の孫
草履で神社をそろそろと
今日は一段と
よそゆき顔になる

電車で熊本へ
前の席　二人は熟睡中
五人はスマホに夢中
老人は私と同様
田原坂の竹林を眺めてる

言葉がおそい三才児
少しづつ出だした
「行くとバイ」
「食べるバイ」
語尾に熊本弁がつく

深夜、電話が鳴り響く
「痛か！」「助けて！」受話器から
ああそうだった
ギックリ腰の夫奥の部屋だった
「わかった」と救急車を呼ぶ

どこまでもつづく
麦の田んぼ
仕上げにもう一息と
光と風が歌いながら
つぎつぎと穂波を作ってゆく

朝顔のネット張り
梯子の上で
作業の老夫に
ハラハラしながら
「気をつけて」と言葉でささえる

早苗田に白鷺一羽
スーッと立ってる
隣の田では
鴉達が大衆食堂のように
セッセと水の中で啄《ついば》んでる

玄関の雨靴
「まだ出番あるの」
小さな顔でうかがってる
だって
ここだけ梅雨あけしないも〜ん

ミカちゃんは
カ行が苦手
薬をつけるとき
「ココに」を「トト・トトに」
と指さす

阿蘇の噴煙　今日は白
甥の結婚式終え
揺れるススキに見送られ
外輪山をこえ
カルデラを出る

サクサクと梨を食む音
息子に送った頃を
ふと思う
きっと友達に
自慢げにやっただろう

「お元気ですか」あっ彼だ
「うわぁうれしか！　ありがとう！」
息子の友からこの二十年
命日に届く声に
夫婦《ふたり》は暖かい気持に浸る

「今夜は忘年会だぞ」
息子の仏壇にオッサン達が
高校の友達だ
「誘ってくれてありがとう」
そっとお樽代渡す

木のベンチにすわり
阿蘇路の小さな駅
しばらくして
ススキの向うから
電車が来た

冬晴れに
中洲のそばで
ゆったり浮かんだ鴨達
北帰行への
話し合い

第九章　麦秋

津波注意報に
「まさか！」と這って外へ
有明海に面した家から
市の施設へ
車の中で夜を明かす

命を守る音なのに
携帯のアラームに
「又かい、わかっとる！」と
邪魔扱いにして
「ＯＫ」を押し続ける

やまない余震に
「ガタ!」 音に敏感に
地震こなくても
体ユラ　ユラ　ユラ
ず～と揺れてるようだ

やまない余震に
「なにげない日常」 の大切さを知る
いつのまにか緑の麦
まっ黄黄に変身
何があっても季節は巡る

麦刈機の音
青空にひびき
こんなのどかな自然のなか
地球の地下では
プレートが動いてる

「あやか　ながした？」
座った正面に貼った紙
トイレに行くと並べて
「ばあちゃん　ながした？」と紙が
孫に競争心あおられた

余震があるのに
活発な梅雨前線に
見込まれ大雨
雷まで相槌うち鳴り響く
ああ！　太陽と青空来て！

大雨続きのあと
注文通り
青空に
太陽　入道雲引きつれて
ガン・ガンと地上に照り続く

四才と小三の孫達
余震のとき
雷のとき
怖いテレビのときも急いで
テーブルの下で耳ふさぐ

田植から一ヵ月
溺れそうだった早苗
太陽のエネルギー受け
株を増し逞《たくま》しい緑で
〝ど～だ〟の顔で田んぼ広がる

三十七度、三十六度、三十七度
体温でなく　気温です
普賢岳に入道雲かかっても
夕立は蛙のオシッコ位
太陽よ　少し気をつかって！

診察予約時間
とっくに過ぎたのに
順番がこない
二時間待った小父さん
「こらぁどうし」と呟《つぶや》く

（こらぁどうし＝大変）

台風明けの
普賢岳
雲をストールにして
有明海の向うから
静かに見てる

四才のミカちゃん
今、トランプに夢中
七ならべとババ抜きが得意
ババ抜きのとき　きまって
「おばあちゃん」ときっと呼ぶ

二十年前逝った
息子の写真と
娘の結婚式の写真
座敷で
斜めに見合って微笑んでる

洗って　洗って干す
干して　干してカバーで包む
一週間かかって布団準備完了
弟一家ハワイから来訪
夫婦は笑顔で迎えた

地震と噴火の
阿蘇から新米届く
〝やっぱりうまかネ〟
と炊きたて
口にほうばる

土手から白鷺一羽
じ～と田んぼを見てる
広がる稲田
刈取機の音ひびき
平野は秋まっただなか

地震から半年
大雨で
屋根の壊れに大慌て
でも　この位と
被災地を改めて思う

木を剪定しては
下から眺め全体を見て
又剪定と
芸術家の様な職人を
そーと見てる冬至の日

緑の麦田で
案山子のファッションショー
広げた両手で空をのせ
ジーパン、風でマンボを踊る
やさしい姿で睨《にら》みをきかす

カルデラで育った
阿蘇たかな
緑、鮮やかな漬物になり
春のたよりとして
今年も届く

鶯の声ききながら
四月の光に
布団広げ
一年前　地震の思いが……
安らぐ日々に心ほっこり

三友さんからの歌集
逝った息子への
母の思い
わかると頷《うなず》きながら
一気に読む

黄色の麦畑ず～と
こんな景色に幸せをもらう
靖《やっ》ちゃん「麦の秋ステキよ」と
逝った息子に呼びかけ
ハンドル　キュウと握る

麦田が熟れ始まり
まるで
教室の子供のよう
色に差があり
さあ　刈取機の音どの教室から

麦秋の絨毯から
早苗が畳のように
広がる平野に変り
季節を教えられる
こんな風景にズーンと生きる

かすむ普賢岳《やま》
有明海《うみ》の向うから
うす目をあけて
広がる麦畑を
のぞいてる

山の麓まで
黄色の海となり
響く　コンバイン
麦を
喰《く》らって進む

第十章　草千里

待ちわびていた
阿蘇の草原が再び
牛も農家の人も
地震から一年
そこで生きている

抱っこ紐で子を抱き
お嫁さんと教え子が来た
オムツ替えも初《うい》初《うい》しくパパが
息子がいたらきっとこうだろうと
ふあっとした気で見守った

夫　肺炎で入院
苦しい呼吸と高熱にも
見守るだけ
逝った息子に〝助けて〟と
何度も何度も口の中で

水撒《ま》きホース
蛇口にちゃんと固定《つけ》てある
修理してくれたんだ
肺炎から生還した夫に
ありがとうと心の中で

緑の麦畑
風にゆれながら
案山子、一家が見守ってる
カラス達
平気な顔で田んぼの中

青空の山に
両手を上げ立つ白熊
真上にはライオン横たわる
ワニ達の尾　普賢岳にかかる
夏の空　動物園に早変り

ほのかに匂う
銀木犀
香りたどれば
葉っぱのかげで
小花　秋を告げている

台風に追っかけられ
息子の眠る京都へ
本尊の前、僧、五人の経
台風の為、夫婦《ふたり》だけ
ありがたく念仏を唱える

息子の学友から
命日に今年も花が届く
二十三年も続く
〝うれしか〟と電話口
熊本弁で礼を云う

稲刈のトラクター
白鷺の群ついてゆく
虫を食べては首を上げ
運転の農夫
殿に見えてきた

稲刈りが終り
切株の田が広がる
火が放たれ
平野に煙が上り
黒の田また耕されてゆく

一年生の頃
なわとび特訓したあの小山君
植木屋さんになり
梯子の上で
青桐　格好よく散髪中

弓道を始めた
十才の孫娘
袴姿は格好いいが
弓を射るたび的を大きく外《はず》れ
見ながらドキドキ手を合す

地震発生の速報
咄嗟に立ちあがり
ストーブ消す
「岩手だよ」と孫の声
あの時のこと蘇える

義弟《おとうと》　28歳で目を患い
針灸師になり開業
去年　亡くなった
が、お嫁さんの御陰で
40年間　幸せな主《あるじ》になれた

買物を終え
精算機に
支払を催促され
サイフ片手に
「ちょっと待って」とくり返す

二月の雨
冷たくて身にしみる
だが
田んぼの麦　体を揺らし
旨そうに雨をのむ

久しぶりに
五行歌《うた》が新聞に
旧友達から連絡あり
支払機との会話に
「わかる　わかる」の同情票

仏壇から見える
庭の桃、花が満開
そっと息子に聞いてみる
「君は二十三才で逝ったが
恋はしたの？」と

老いると
変化のない日常に
ちょっとした喜びが
とっても大きな喜びになり
うきうきした一日になる

冬をのりこえ
麦　春の光に
うれしがって揺れている
「アッ白鷺」孫の声に
すうっと首を伸ばす

駅に〝ななつ星〟の列車
豪華だ
思わず
ポケットの普通電車四百六十円の
切符　確かめる

一年生のミカちゃん
ランドセル必死に背負い
目まで被う黄色の帽子
〝頑張って来たネ〟
と抱きとめた

つなみのえほん
娘は学校で読み聞かせ
孫は童活発表に
その練習
台所で聞いている

〝傘寿の祝いするばい〟
と天草から夫婦《ふたり》にハガキ届く
夫の初任地の中学生達だ
67才になった彼らを
呼び捨てで呼び
私らに最良の日になった

紙を燃した火が
スカートへ
払っても　払っても消えず
助けて！　助けて！
水道ホースで水被り
やっと生きかえる

両手、両足　火傷して
台所はもちろん
夫を動かすのに
「ありがとう」「ありがとう」連発
ありがたい　手　やっと回復す

火傷して二ヵ月
市場へ行っても
散歩中でも
〝大丈夫だった？〟と
やさしい言葉がとんでくる

田原坂を車で走る
〝西郷《せご》どん〟見てから
静かな野辺から
戦いの
悲惨な声が聞えて来る

息子の友達たち
今年もお参りに来た
忘年会のお誘いだ
逝って二十五年
母には一番の喜びだ

雲

普賢岳の天辺に
クジラになって横たわる
沈む夕日
山を必死にバックアップ

まっ赤な夕日が
雲仙岳に沈み
バックから
山を照らし
影絵を見事に演出

夫のインフル一週間過ぎ
今日から孫二人までも
マスク、手袋、エプロンで防衛
八十才の私に
看護と家事　任《まか》される

そこ　ここで撮影が
〝いだてん〟始まった
郷土の先輩　四三《しぞう》さん
あぎゃん勇気・努力の人とは
改めて見直す

自分でキャベツを切った
7才の孫
苦手な野菜を
「うまか」と云って
口へと運ぶ

土手の櫨《はじ》並木
実をしっかりつけたが
収穫することもなく
植えさせた「清正公」の志
こうなるとは思っただろうか

朝食の準備中
レンジがピ～ピ～と
ハイハイちょと待って
次はビ！　ビ！　と冷蔵庫の扉
ワカッタワカッタ忘れてないよ

あと五年、あと五年と
八十才になった
やり残した事あって
時折
死を恐れる

孫、一月インフルA
登校停止五日
二月インフルBで停止
そんなに一人で
背負わなくてもネ

よかたい、
よかたいで
一日のばし又のばし
五行歌〆切日
いつも速達で

夕食、済ませて
立つ夫
二つ茶を入れ
「ハイ」とテーブルへ
「有難う」すなおに出る

昭和
平成と
令和に向う
有意義に生きてきたっけ
戦争だけはないように

野焼きの炎
なめるように
茅《かや》色を黒にぬり上げてゆく
阿蘇に
春を呼び込んでゆく

朝・八時・内科へ
閉じた入口に
三十人位　並んでる
十日間の連休で
考えること同じだ

聴えてくる
太鼓の響き
「あっ高校の体育祭だ」
青襷《あおたすき》で枹《ばち》を打つ
息子の姿　想いうかぶ

何度か手にしたが
ま〜だ捨てられません
応援団の
たすきや高下駄
逝った息子の青春のあかし

義母、二階に行くのに
手摺《す》り使わず
手をついて上っていた
その年になった私
四本足になっている

天草から見る
今日の普賢岳
いつもと違って
ゆったり
海にひたってる

歌集めくると
「息子」の字に
目が留る
逝って25年も
たつのに

青空を
突然くろ雲
雷さそって
土砂ぶりの雨に
秋雨前線　たいぎゃにして！

（たいぎゃ＝ほどほど）

コスモス
17号台風で
寝かされた
花だけ空に向って
咲いている

ときどき立ち寄って
なんのかんのと
喋る友がいる
ホットな心で帰るとき
〝ありがとう〟いい合える

足もないのに
船や飛行機でやって来た
コロナウイルス
感染ニュース
見えない菌に不安つづく

川に浮く
静かな波に
鴨たち羽づくろい
コロナの恐怖
しばし忘れる

休校で
小学生　二人来て
宿題から食事まで
バアは
過重労働の春になる

暖冬で
土からすっぽり
抜け出して
青くび大根
畑でラインダンス

八十年　生きて
戦争は怖かった
地震もおそろしかった
だが　先の見えないコロナ
もっと不安つづく

うす化粧で
しわ隠し
だが　マスクの御陰で？
口紅ささずに
一年過ぎた

五月の草千里
きみどり　みどりの
絨毯だ
噴煙ゆっくり
空にもぐり込む

小学生だった息子
草千里で
馬に乗せたら怖がった
が、孫のアヤ
ピースの顔で手綱《たづな》ひく

噴火から九万年
その阿蘇のメインは
火口と草千里か
カルデラの中では
今も五万人の暮しがある

野焼きのあとの
草千里
芽吹くみどりに
動く風
マスクはずし深呼吸

あの日、あの時

故・市原靖幸、享年23歳

右・靖幸（4歳）と、妹の弓子（1歳）

生後3-4ケ月ごろ

法政大学時代、
スキー合宿にて

玉名高校三年体育祭（前列左から二人目）

法政大学時代、テニス合宿にて友人たちと

跋

草壁焰太

市原さんは、ただひとえに懐かしい人である。最初に会ったのは福岡で行われた古典講座の宿であった。いまから二十年ほども前である。熊本で教職についておられた方だと聞いたが、その話しっぷりが、旧知の人のようで、以来ずっと懐かしい人となった。

その熊本弁が、そう感じさせたのかもしれない。

そういう味わいは、この五行歌集にもある。熊本弁で、懐かしそうに語りかけてくる人を、読者のみなさんは感ずるはずだ。

もう一つ、私は阿蘇の景色が好きで、こういうところに住んでいる人は、どういう暮らしをしているのかと、ずっと思っていた。

市原さんは、まさに阿蘇の周辺に住んでいる人で、いつもドライブして、阿蘇を、その緑を、風を、普賢岳を、有明海を見ている人なのである。

野焼きの山が
黒からこげ茶へ
そしてみどりに
大地も風も
空までも
みどりが制する

阿蘇の風が
色をのせてゆく

阿蘇の六月
草原は
生え揃《そろ》ったばかり
うぐいす餅のように
あっちこっちに

五月の
阿蘇

梅雨あけの
入道雲
象が前足をあげ
普賢岳に
のしかかる

彼女の歌は、いつも、その風光を讃えてやまない。だから、私は彼女の歌によって、阿蘇に暮らす人の日常を味わうことが出来た。

しかし、風景が美しいから、人は幸せかというと、そうでもない。たぶん、そういう人であったが、彼女は突然、悲嘆のどん底に突き落とされた。一人息子が大学生のとき、突然亡くなってしまったのである。歌集を読まれる方は、その悲しみが終わることがないこともご覧になるであろう。

私は、この歌集を作るときに、どういう編成にしようかと考え、毎年、同じような風土の中で同じように歌をうたい、同じ悲しみを歌うにせよ、すこしずつは変化していくはずで、歌を書いた順序どおりにしていくのがいいのではないかと考えた。
だから、毎年、同じような歌にもなる。しかし、毎年同じだから、そこにいる人は、阿蘇の風土の暮らしをする人となるのである。
読み手が阿蘇の風土で暮らしたような気分になったとしたら、市原さんの歌集は十分読者への務めを果たせるのではないか、と考えた。

耕した小さな畑に
ここは「春菊」
この先「大根」と
目印をたてて
種をまいてゆく

祖母の言葉
そのままに
二才児は
なにかにつけて
「よか」「よか」「よか」と…

歌集を作ってみると、決して毎年同じではない。すこしずつ変化していく。彼女にはお嬢さんがいて、結婚され、お孫さんを二人生んだ。そのお孫さんたちが、赤ちゃんからすこしずつ育っていくのは、生活のもう一つの喜びを伝えることになった。

第一の悲しみも、変わることはないとはいえ、同級生がおじさんになるといった表現を見ると、すこしずつ違ってくる。

こうして、私たち読者は、彼女の二十数年の歌で、その悲しみともに、阿蘇の風土の中の暮らしを味わい、熊本弁の温かみも知ることができた。

「お元気ですか」あっ彼だ「うわぁうれしか！ありがとう！」
息子の友からこの二十年
命日に届く声に
夫婦《ふたり》は暖かい気持に浸る

帰省の息子
〃今日のおかずは〃と
階段ゆっくり降りて来る
逝《い》なくなったが
今夜はコロッケ作ろう

歌は、人柄であると、私はよくいうが、市原さんこそ、人柄の歌人であろう。そういう人が、たまたまあってはならない不幸に見舞われ、生涯歌に書いた。しかし、救いはあった。

私はこの歌集の最後のページの著者近影を見たとき、しばらく目が離れなかった。二人の少女が、まるで市原恵子さんの少女期のように、そこで笑んでいたからである。

大きなものが与えられていたのだ。
私はこういう写真を使うと教えられていなかった。
物語は、美しく完成したと思った。

あとがき

五行歌との出会いは、退職後、ＮＨＫ熊本文化センターでの「五行歌」講座でした。受講した講師は福岡の紫野恵さんで、同じクラスに芳川未朋さん、坂本良臣さんがいらっしゃいました。その間、主宰の草壁焰太先生の講演もお聞きして、内容は自由でいい、五行でいい、これなら自分もなんとかなるのではと思いました。

実は、その四年前、息子の靖幸を、大学四年のときに亡くしていたのです。大学から知らせがあり、夫婦《ふたり》が熊本から数時間かけて、東京の法政大の近くの病院に着いたとき「テニスで心筋梗塞」で亡くなったことを告げられ、遺体との対面でした。だから息子への思いを、毎年命日にテニスコートに出向くだけでなく何とかしたいと考えていたので二〇〇〇年の四月から、五行歌誌に投稿を始めました。毎月三〜四首がやっとでした。それは、今でも同じです。

最初の歌は、

「おすそわけ」と
女生徒からの
チョコ一個を
供える夫
逝った子に

でもみんなのように、なかなか進歩せず、作文のように、又説明文のような長い歌になってしまうことが多く、それは、今でも同じようです。又、息子への思いが素直に書けなくて、風景の五行歌が、ほとんどでした。その風景の中で、息子のことを書いた歌は、

野焼きの
まっ黒の土から
草の芽が
人の命は
こうはいかない

数年かかって息子のことが、やっと書けるようになって来ました。そして、二十年も五行歌をやってこられたのは、熊本五行歌会が、楽しくて、何を私が云っても笑ってわかりあえる仲間がいたからです。又、新しく始まった玉名五行歌会は、荒木さん、中田さんを中心に男性の方が多く、画をかく大野さんとみんな最初から良い歌が多いです。

本を作りたいと思ったのは八十才をこえ、いい歌はないが、今しかない、又、息子の二十七年忌に当り、思いきって草壁先生、三好叙子さんに御相談し無理いってお願いし、先生方におまかせ状態になりました。そして二十年間をふり返る機会になりましたが、生活の守備範囲が狭く風景の田んぼ、空、山、家族など何回も書いているのにびっくりしました。

本になるまでには、草壁先生、三好さん、それに講師の紫野さん、歌会事務局の方々、いつも応援してくれる芳川未朋さんに感謝してます。

二〇二一年　六月

市原恵子

市原 恵子（いちはら けいこ）
1939 年 満州通化省生れ。熊本県立宇土高校卒。社会保険中京病院附属高等看護学院卒。熊本大学教育学部養護教員過程卒。
2000 年 養護教諭退職
2000 年 五行歌の会入会

五行歌集《ごぎょうかしゅう》　草千里

2021 年 7 月 30 日　初版第 1 刷発行

著　者　　市原 恵子
発行人　　三好 清明
発行所　　株式会社 市井社《しせいしゃ》

〒 162-0843
東京都新宿区市谷田町 3-19 川辺ビル 1F
電話　03-3267-7601
http://5gyohka.com/shiseisha/

印刷所　　創栄図書印刷 株式会社
装　丁　　しづく

ISBN978-4-88208-188-3

五行歌五則

一、五行歌は、和歌と古代歌謡に基いて新たに創られた新形式の短詩である。

一、作品は五行からなる。例外として、四行、六行のものも稀に認める。

一、一行は一句を意味する。改行は言葉の区切り、または息の区切りで行う。

一、字数に制約は設けないが、作品に詩歌らしい感じをもたせること。

一、内容などには制約をもうけない。

五行歌とは

五行歌とは、五行で書く歌のことです。万葉集以前の日本人は、自由に歌を書いていました。その古代歌謡にならって、現代の言葉で同じように自由に書いたのが、五行歌です。五行にする理由は、古代でも約半数が五句構成だったためです。

この新形式は、約六十年前に、五行歌の会の主宰、草壁焰太が発想したもので、一九九四年に約三十人で会はスタートしました。五行歌は現代人の各個人の独立した感性、思いを表すのにぴったりの形式であり、誰にも書け、誰にも独自の表現を完成できるものです。

このため、年々会員数は増え、全国に百数十の支部があり、愛好者は五十万人にのぼります。

五行歌の会　https://5gyohka.com/
〒162-0843 東京都新宿区市谷田町三―一九
川辺ビル一階
電話　〇三（三二六七）七六〇七
ファクス　〇三（三二六七）七六九七